KB160258

나는 개울가 자갈돌입니다

나는 **개울가**
자갈돌입니다

초판 1쇄 2015년 11월 30일

지은이 최우창
발행인 김재홍
디자인 박상아, 이슬기
교정 · 교열 김현경
마케팅 이연실

발행처 도서출판 지식공감
등록번호 제396-2012-000018호
주소 경기도 고양시 일산동구 견달산로225번길 112
전화 02-3141-2700
팩스 02-322-3089
홈페이지 www.bookdaum.com

가격 10,000원
ISBN 979-11-5622-131-9 03810

CIP제어번호 CIP2015031200
이 도서의 국립중앙도서관 출판도서목록(CIP)은 서지정보유통지원시스템 홈페이지(http://seoji.nl.go.kr)와 국가자료공동목록시스템(http://www.nl.go.kr/kolisnet)에서 이용하실 수 있습니다.

최우창 시집

나는 개울가 자갈돌 입니다

지식공감

1부

2부

contents

3부

4부

5부

6부

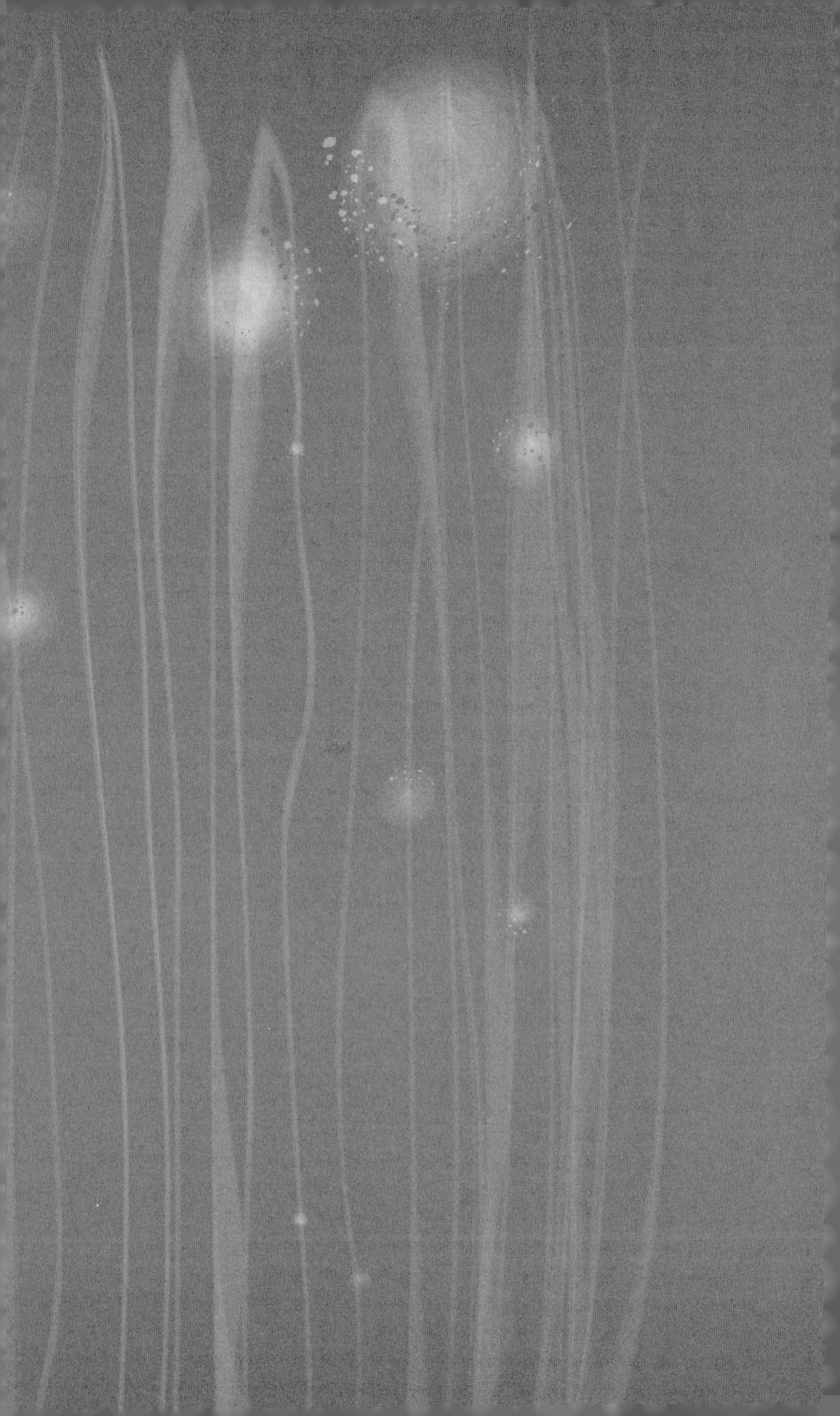

1부

도토리

할아버지가 떡메로
떡갈나무 이마에
꿀밤을 톡톡톡 주셨어요
가을 햇발에 살포시 졸고 있던
떡갈나무가 화들짝 놀라
쥐고 있던 도토리를 놓쳤어요
떼굴떼굴 떼떼굴 굴러
탈출에 성공한 도토리는
숨바꼭질하듯 가랑잎 뒤에 숨었어요
할머니는 술래처럼 두리번두리번 찾고
숨죽이려는 도토리 심장이
쿵쾅쿵쾅 발동기처럼 돌아가요
고새
넌지시 나타난 잠자리 한 마리
입도 싸게 고개로 까딱까딱
꼬지르고 있네요.

나이

저벅저벅 나이가 들어간다
나이는 들수록 걸음이 빨라진다
이젠 행진처럼 발자국소리도 요란스럽다
나무처럼 테도 선명해진다
조개껍질처럼 무늬도 또렷해진다
고기비늘처럼 바다를 닮아간다
나이가 들수록
땅과 물을 닮아간다
나이가 들수록
부모와 고향을 닮아간다
나이가 들수록
여지없이 발자국소리까지 닮아간다.

까치밥

옛날
우리 선조님들은 땟거리 변변찮아도
늦가을이 되면
감나무 우듬지에 여남은 개의 홍시를 달았다
혹여나 배고픈 누가 따 먹을까 봐
'까치밥'이라고 이름표까지 붙였다
까치밥은 인정(人情)이었다
까치밥은 콩 한쪽이었다
오늘날
후손들의 손주들은
오곡 풍성한 늦가을이 되었는데도
후손의 큰손님들이 몽땅 먹어 치워
내 밥은커녕 까치밥도 없어
연신 '집밥 집밥' 한다.

내 안에

내 안이 컴컴한 동굴인데
어찌 타인의 얼굴을 비추랴

내 안에 불씨 하나 없는데
어찌 타인의 가슴에 불 지피랴

내 안에 별 하나 없는데
어찌 타인의 인생에 꿈 키우랴

내 안에 관심 한 조각 없는데
어찌 타인과의 삶에 사랑을 맺으랴

마음

내 가슴 깊이 있는 그 무엇이
항상 나에게 말을 해요
보이진 않지만 분명히 살아 있어요
난 늘 그가 하자는 대로 해요
내 몸보다 먼저 당신을 사랑하라고
그가 말을 해요
내 머리보다 먼저 당신을 그리워하라고
그가 말을 해요
때론 내 걸음보다 먼저 당신에게 가라고
그가 말을 해요
때론 내 눈물보다 먼저 슬프다고 울며
그가 말을 해요
때론 내 미소보다 먼저 환히 웃으라고
그가 말을 해요
때론 자신을 다독다독 어루만져 달라고
그가 말을 해요
그가 말을 해요
자신이 가는대로 기꺼이 가라고
심장에 박혀 있다는 그와 심장이 뛰는 날까지

같이 살 거예요
그가 하는 대로 웃으라면 웃고 울라면 울며
그가 하는 대로 사랑하고 사랑받으며
살 거예요
사는 동안은 그리 살 거예요
인생살이에 표준이야 있겠지만
정답이 어디 있겠어요?

환절기

겨울은 낙엽으로 겨울을 재촉하고
가을은 단풍으로 가을을 고집하네
가을과 겨울의 팽팽한 줄다리기에
애먼 사람들만 감기로
병원을 물방개처럼
뻔질나게 들락날락 하는 늦가을이다.

문경은 새재다

방방곡곡 선비들이
관솔불 가물가물 밝히고
사르락 사르락 먹을 갈며 연마한 재주
붓끝처럼 곧추세워 넘던 고갯길

주흘관을 바라보며 초시통과 염원했고
조령관에 다가서며 복시합격 소망했고
조곡관을 올라서며 전시급제 꿈꾸었네

산바람에 억새 사각대는 소리
먼동처럼 희붐한데
꿈결에라도 혹여,
'장원이요' 하는 경사스런 소식일까 하여
토끼처럼 귀 쫑긋 세워
가만가만 넘던 고갯길

어사화(御賜花) 화들짝 필 때까지
눈물로 넘나들던 이 길을
새도 넘기 힘들었다는 이 재를

나도 오늘 넘는다
재 너머 경사소식 듣고자 힘차게 넘는다
새재는 기쁜소식 듣는 곳
새재는 경사스런 소식 주는 곳,
그래저래
새재는 문경(聞慶)이다
문경은 새재다.

* 문경의 지명은 '기쁘고 경사스런 소식을 듣는다'는
'문희경서(聞喜慶瑞)'에서 유래되었다고 한다.,

* 어사화는 장원급제한 사람에게 왕이 내려주던 종이꽃이다.

나무

나무엔
가지가 여럿이기 마련,
가지엔 바람 잘 날이 없네
가지마다 바람 잘 날이 없으니
비 바람결 따라
성한 것도 있고
상한 것도 있네
똑 부러진 가지도 있고
딱 분질러진 가지도 있네
나무가
호수의 물빛에 어린 자신을 보니
기쁘고도 슬프나,
그것이 인생인 것을
시시콜콜 말하지 않아 그렇지
너나없이 다 그리 살다 가는 것을
뭐 그리 애통한가?
'이만하면 잘 살은 거지'
내 손으로 내 궁둥이 톡톡치며
하늘을 본다.

꽃들에게 이념이 있겠는가?

꽃들에게 이념이 있겠는가?
개들에게 사상이 있겠는가?
그냥 꽃처럼 살면 되는 거지
그냥 개처럼 살면 되는 거지
난초에게 철학이 있겠는가?
소들에게 종교가 있겠는가?
그냥 난초처럼 살면 되는 거지
그냥 소처럼 살면 되는 거지
순한 양들을
이념의 시궁창에 빠뜨려 놓고
히죽히죽 웃고 있는 자들아
이념의 시궁창 속에서도
그곳이 시궁창인지도 모르는 양들아
인간처럼 살자
사람으로 살자.

세상사(世上事)

자식처럼
때론 짐이었다가
때론 힘이 되는
짐꾼 아버지의 지게처럼
때론 벅찬 짐이었다가
때론 벅찬 힘이 되는
짐과 힘 사이에서
힘과 짐 사이에서
매번 도돌이표로
오락가락 하는 것이
인생이 아니겠는가?
탁배기 한 사발에
'엽전 열닷냥' 주절대며
독백처럼 가는 것이
인생이 아니겠는가?
그렇게 살다
'돌아가는' 것이
인생이 아니겠는가?

인생

여름이 짙푸를수록
가을은 붉디붉다.

후회

꿈과 행복,
그것을 여물기 위해
난,
한여름 뙤약볕 고추처럼
얼굴이 시뻘게지도록
심장을 태우며
몇 번,
두 손 모은 적 있었던가?

찔레꽃

연록이 검게 짙어가는
오뉴월에는
산 허리춤 끌어 쥐고
빙그르르 휘도는 양지녘 개울가로
하얀 찔레꽃이
보석처럼 박혀 한창이다
백합처럼 화려하지도
라일락처럼 향내 짙지도 않지만
바람결에 풀꽃처럼 숫접게
살랑살랑 웃는 모습이
영락없이 시골 내 엄니 닮아
반가워라 반가워라

아카시아

동네방네 송홧가루 부산해도
사리살짝 꽃 피우는
5월의 아카시아처럼 살련다

상처마다 가시 돋친 자리
팝콘처럼 꽃 튀기는
5월의 아카시아처럼 살련다

서슴없이 젖 물리는 아기엄마처럼
'웅웅' 칭얼대는 벌들에게 꿀 빨리는
5월의 아카시아처럼 살련다

6월이 오기 전에
6월에
회개하듯 제 향기 접고
자리 내미는
5월의 아카시아처럼 살련다

그 향기 흐드러진
연초록 5월에 살련다.

땀

아버진
가을날 바지런히
도토리 줍는 다람쥐처럼
당신이 흘리는 땀의 열매를
논둑의 말뚝처럼 믿고 사시던 분이셨다
그래서 일흔이 넘은 연세에도
농사를 지으신다
그러나
도회의 알바생 손자는
땀의 정직을 믿지 않는다
열심의 방정식도 마뜩한 공식이 아니다
오직 하루가 정글일 따름이다
또 하루가 지난다 해도
정글 속 늪이다
열심히 발버둥칠수록
꾸역꾸역 빨려가는
악어 입 속 같은 늪이다

그래서
손자는
조부께서 땀은 정직하다고
말씀하실 때마다
등줄기에서 식은땀이 난다
진땀이 난다.

2부

월미도 디스코 팡팡

맥아더 장군이
인천상륙작전 했던 그 월미도에서
상륙정은 못 타보고
생김도 요상한 '디스코 팡팡'을 탔다
내 돈 내고 탔으니
내가 큰소리 쳐야 하는데,
어물어물 하는 새
디제이 아저씨 갑질하고 있다
항변할 틈도 주지 않고
노래방 탬버린처럼 고객을 갖고 논다
'뽀뽀 해~' '안~ 해' '어쭈구리'
그날, 역사적인 월미도에서
장군은 못 만나고
디제이 아저씨에게
식초 뿌린 바가지 속 생절이처럼
속절없이 잘근잘근 절여 졌다
내 돈 내고.

돈 사람

돈과 인간이 샅바를 잡았다
규칙은
삼세판에 삼판양승제다
첫 판,
'아차'하는 사이에
가을밭 무 뽑듯 쑥 뽑아 든
돈의 들배지기에
인간은 모래판에 나동그라졌다
두 판,
인간은 씩씩거리며
샅바처럼 마음을 다잡았다
온 몸에 힘이 풋고추처럼 빳빳이 섰다
하지만
돈의 순간적인 뒷무릎치기에
오금이 접질려 스르르 주저앉고 말았다
감독이 귀엣말로 무 자르듯 말했다
'인마, 몸에 힘 빼고 중심 잡아'
막 판,
인간이 몸에 힘을 빼고 손으로

돈의 앞무릎을 쳤다
돈의 중심을 무너뜨렸다
돈이 무릎을 꿇었다
인간은 그제야 알았다
쌈박한 승리는
'힘을 빼고 중심을 무너뜨리기'라는 것을.

마당발

내로라하는
마당발이라더니,
정작 자신의 절박한 마당엔
애타게 불러도
버선발은 고사하고
냉큼 선걸음 밟고 오는 이 없고
슬금슬금 뒷걸음만 치네.

짐승이 어때서?

돈 때문에
부모를 죽이고
아내나 남편을 죽이고
티끌 같은 일로
때리고 찌르고 부수고
불 지르고 들이박고
약하고 부족하다고 따돌리고
그럴 때마다
인간들은
'짐승만도 못한 것들'
한다.
그렇게 사악하다는 뱀도
배고플 때만 사냥을 하고
새끼를 위해 몸공양하는
가시고기도 있고
죽은 새끼나 동료를 애도하는
코끼리도 있는데,
짐승들이 어때서?
이 인간 같지 않은 짐승들아
짐승들이 어때서?

가족

엄마는 아빠의 목걸이
나는 목걸이에 박힌 다이아몬드,
그리고
누난 그 목걸이 주인.

인도의 똥

누가 쌌을까
어매 많이도 쌌네
코 막고 지나가 봐도
저만치 딴전 피우고 가 봐도
생김만 조금 달라질 뿐
똥은 똥이네
저러다 누가 밟겠지 했는데
아니나 다를까
납작해졌네
그나마 그 위에 자빠지지 않은 것 같아
난 밟지 않아
천만다행이었네
왜,
치울 생각은 않고
피할 생각만 했을까
우물쭈물하는 새
소나기 한줄기에
동동 떠내려 갔네
그런데

지날 때마다 그 자리에
자꾸 시선이 가는 것은
똥 때문일까
좁쌀만 한 양심 때문일까
가을 때문일까

저울

망가진 중심을 달고
곁눈질 하는 저울은
저울이 아니다
시녀도 아니다
고자다.

교실

시루의 콩나물처럼
교실에
고만고만하게 꽉 들어찬 애들은
산꽃이다
들길 가득한 갈꽃이다
그 이름 다 몰라도
그 사정 다 몰라도
눈여겨 눈 맞춤 하면
오가다 하이파이브 한 번이면
강아지처럼 살랑살랑 꼬리 흔들며
망울져 꽃피우고
감빛처럼 여물어 간다.

바둑판을 뒤엎자

생각은 본디부터 칼라였고
TV도 머리도 벌써부터 칼라인데
여긴 아직도 거미줄의 나비다
독거미가 빈틈없이 짠
흑백의 거미줄에 걸려
바둥대는 나비다
모눈종이처럼 촘촘한 바둑판에
흑과 백이 스크럼을 짜고
집짓기하는 게임은 짬밥 냄새다
이제 바둑판에 칼라돌을 올려놓고
오종종 막집 짓는 놀이를 하자
흑백의 바둑판을 뒤엎자
흑백은 석양이고 칼라는 일출이다
흑백은 불을 쫓는 부나방이다
그러나 칼라는 향기를 보는 나비다
흑백이여, 칼라의 멋맛을 아는가?
흑백이여, 칼라의 향기를 보았는가?

이미자와 오미자

노래는 이미자(李美子)
문경은 오미자(五味子)
청아한 소리로 마음을 맑게 하고
청량한 맛으로 육신을 맑게 하니
콸콸콸 흐르는 용추계곡 물처럼
맑게 하는 것은
매양 한가지로구나.

초롱한 그 생김새 '사랑의 열매' 같아,
인생의 희로애락 사랑에 담아
팔색조처럼 노래하는 이미자와
자연의 신비를 이슬처럼 머금어
온 몸으로 맛을 내는 오미자는
사랑이 가득한 자매로구나.

이미자와 오미자,
성은 다르지만 이름은 같은
그리고 사람과 자연을 사랑하는
의좋은 자매로다
상큼한 사랑이로다.

사랑은 밥이다

사랑은 밥이다
밥 먹게 해주는 것이 사랑이다
그래서 엄마는 늘 나에게
'밥 먹어.' , '밥 먹었어?' 하셨다
엄마는 '밥 먹어'가 가장 큰 사랑 표현이었다
엄마에게 '밥 먹어'는 '사랑해'였다
엄마의 굽은 허리는
얼마 되지 않는 당신의 밥을
뚝 잘라 나에게 퍼주신 것 때문이었음을
내 새끼 낳은 한참 뒤에
겨우, 알았다
엄마라는 이름 때문에
한평생
줄곧
엄마는 나의 밥이셨다.
그래서일까
엄마가 생각나면
울컥 밥맛이 난다.

열심과 한심

마음이 뜨거우면, 열심(熱心)
마음이 차가우면, 한심(寒心)
"이 한심한 놈아 제발 열심히 좀 살아라."
"아부지, 세상도 한심한데 저도 한심하게 살면 안 될까요?"
그날,
내 다리는 절단 났다.

폐교(廢校)

'머리카락 보일라'
어디로 꼭꼭 숨었는지
애들은 보이질 않고,
날마다
고양이만 술래 되어
생쥐 찾듯
살그미 구석구석을 뒤지네.

허수아비

밭고랑처럼 주름진 촌로가
약속이나 한 듯 금년에도
논뙈기에 허수아비를 박았다
저나 그나 차림이 막역한
허수아비의 중심을 박았다
말뚝 박듯 믿음을 박았다
허수아비는
숯검정한 '一자' 입처럼 굳게
훠이훠이 가을을 지켰다
촌로를 지켰다
옛적부터 촌로에게
허수아비는 허깨비가 아니었다
허수(虛數)가 아니었다

꿀 먹은 벙어리

꽃이 꿀을 만들었습니다
벌이 그 꿀을 따 모았습니다
누군가가
그 꿀이 꽃꿀인지 벌꿀인지 물었습니다
그 순간,
꿀 먹던 사람들은
벙어리가 되었습니다.

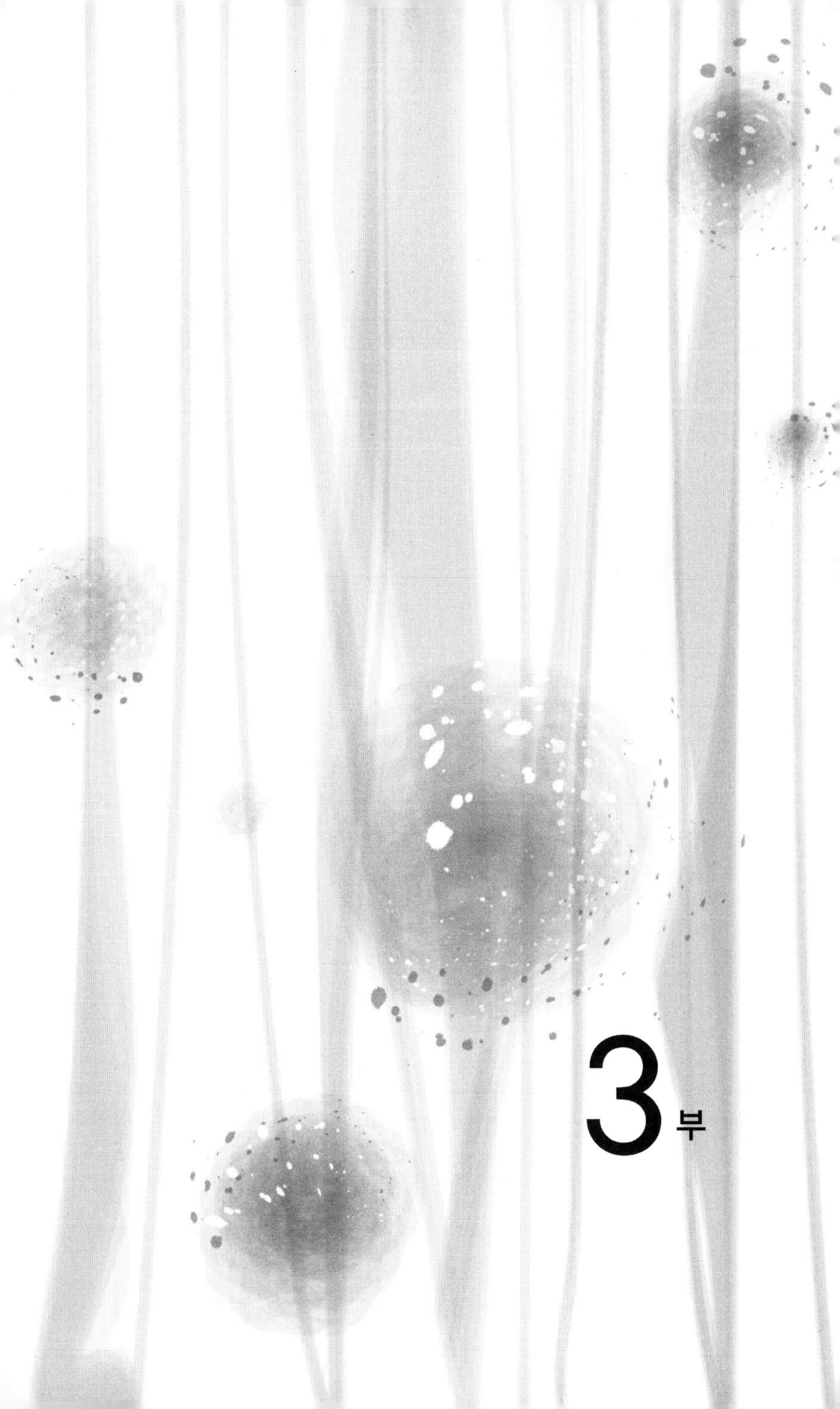

3부

추임새

먼발치에 앉아
무심한 듯 북을 치며
퉁명스레 내뱉는
고수의
'얼씨구' 한마디가,
명창을 낸다.

넌 나에게

널 볼 때마다 난, 한 떨기 푸른 풀잎이 된다
널 만날 때마다 난, 한 그루 푸른 나무가 된다
널 가까이할 때마다 난, 한 줄기 푸른 산이 된다
널 그릴 때마다 난, 한 가득 푸른 바다가 된다
널 떠올릴 때마다 난, 한 아름 푸른 하늘이 된다
나에게 넌 항상 푸르다
나에게 넌 늘 푸른 나무다
넌 나에게, 그렇다
당신은 나에게, 그렇습니다.

경고음

살아있는 것은
어떻게든 버둥거린다
살려고 아등바등한다
살아있는 것이
살아가는 것이
버거울 땐,
갓 잡은 물고기처럼
온몸으로 땅을 치며
퍼덕퍼덕 소리를 낸다
다 같이 그 소리 귀담는 곳에만
다 함께 그 몸짓 눈여긴 곳에만
인간이 있다
존재가 있다
샛별이 있다

민들레

봄바람 타고
민들레 씨앗이 낙하산처럼
하늘을 난다
쟤는 하늘을
제 뜻대로 나는 걸까
바람결에 나는 걸까
옷깃에 내리면
솜털처럼 물어봐야지

누에

누에는,
사각사각 뽕잎을
먹고 자고 싸기를 네 번만 하면
누가 뭐라 하지 않아도 섶에 올라
줄줄줄 실을 토해 고치를 짓는데
우리 애들은,
토끼 눈알처럼 시뻘겋게 공부만
하고 또 하고 또 하는데
언제나
실크 양복에
폼 잡고
출근하나?
시집 장가 가나?

헛소리

나무가 늘어지게 하품하는 소리
나무가 벌컥벌컥 물 들이켜는 소리
나무가 체관으로 게걸스레 밥 먹는 소리
나무가 잎으로 햇빛 부르는 소리
나무가 사방으로 다리 뻗는 소리
나무가 은밀하게 짝짓기 하는 소리
나무가 눈치껏 키 커는 소리
나무가 숫접게 꽃 피우는 소리
나무가 달랑달랑 열매 다는 소리
나무가 어깨 위의 눈 터는 소리
나무가 드렁드렁 코 고는 소리
세상에 존재하는 모든 것은
나무처럼
제 딴의 소리를 내는 법,
들어 본 적 없지만,
그 소리 아랑곳하다 보면
그 소리 애면글면 듣다 보면
그 소리 나지막이 듣다 보면
들을 것도 같다
냉큼 들리는 것만이 소리가 아니니까

마디

강렬한 불 속 대나무 마디처럼
막힌 것은 터질 때 폭음을 낸다
큰 못 해빙기 얼음처럼
꽁꽁 언 것은 풀릴 때 '쩡쩡' 소리를 낸다
삶의 언저리에서
'짭'처럼 맞아 피멍 진 가슴팍처럼
맺힌 것은 풀릴 때 통곡을 한다
켜켜이
삶의 결마다
대 마디처럼 막히고 맺힌 것들은
터질 때
폭죽 같은 굉음을 낸다
홍수처럼 울부짖는다

홀어미

홀어미에게
두 자녀가 있었다
아들 이름은 '경제'이고
딸 이름은 '민주'였다
삶은 늘 사막처럼 아득하고 푸석했다
그래서
어미는 늘 '경제'가 우선이었다
입만 열면 "우리 경제, 우리 경제"하였다
그러자
딸 '민주'가 어미에게 따졌다
엄만 왜 "경제만 위하느냐"고
어미가 그랬다.
"그게 우리가 살길"이라고,
'민주'가 울면서 말했다.
"내가 없는데, 그게 가족이냐"고
"어떻게 그게 가족이냐"고

터득(攄得)

단풍이 마냥 울긋불긋 들 수 없습니다
사과는 마냥 울멍줄멍 열 수 없습니다
가을이 마냥 넘실넘실 될 수 없습니다
인생이 마냥 껄껄깔깔 할 수 없습니다
인생을 마냥 찔끔짤끔 울 수 없습니다
해거리하는 감나무처럼
오르락내리락 하는 것이 우리입니다
주식시세표처럼 시도 때도 없이
붉으락푸르락 하는 것이 인생입니다
대양의 날씨처럼 변덕스런 것이 인생입니다
그렇게 살금살금 살아가는 것이 인생입니다
겨우, 그걸 깨닫는데 수십 년이 걸렸습니다

똥

똥은 정직하다
똥은 먹은 것만 내 보낸다
똥은 먹지 않은 것을 결코 뱉지 않는다
먹어야 할 것만 먹으면 속도 편하다
먹지 말아야 할 것을 먹으면
즉시 민감한 반응이 온다
특히 상한 음식에는 냉큼 반응을 한다
그런데 세상의 이치가
다 한 길로 통하지는 않는 모양이다
먹을 것은 먹지 않고
먹지 말아야 할 것을 먹었는데도
구역질나는 고기를 먹었는데도
뒤탈이 잘 나지 않는다
변비처럼 무표정하게 산다
똥보고 더럽다 욕하지 마라
똥은 최소한 진실하다 그리고 정직하다
이 똥만도 못한

인생

함빡 피었다 진 꽃은
꽃대에 시선을 두지 않는다

나무젓가락

배가 고파 라면을 끓였다
다급한 마음에
딸랑 하나 남은 나무젓가락
양쪽 다리를 꽉 잡고
확 째는 데,
'우지직' 하는
날카로운 외마디 비명과 함께
짝발이 되고 말았다
우째 이런 일이
뱃고동은 연신 울리는데
성질부릴 데도 없고
어찌해야 하나?
혼자 씩씩대다가
겨우겨우 발을 콩콩 맞추어
얼굴처럼 퉁퉁 부은 라면을
후루룩 후루룩 먹는데
어찌나 맛있던지

나이

해가 갈수록
탄력성을 잃은 고무줄처럼
피부는 늘어지고
몸도 늘어지고
주머니도 헐거워지고
정신도 늘어져 깜빡하는 것에 친숙하고
날씨도 맑음보다 궂음에 친숙하여
탱탱볼 같던 삶의 긴장감은
자취가 아물아물 한데,
정작 느슨해야 할 타인에게는
촉각을 세우고
팽팽한 줄다리기처럼 결사적이니
아~
김밥에 컵라면 싸들고
야외로
드라이브라도 가야겠다.

천리마(千里馬)

천리마는 함부로 등을 내주지 않습니다
천리마는 아무에게나 등을 내주지 않습니다
본능처럼 자신을 단박에 알아보고
자신을 알아주는 장수에게만 등을 내줍니다
단지 그것만으로 천리마는
천리를 달릴 수 있는 것입니다
단지 그것만으로 천리마는
천리를 단숨에 갈 수 있는 것입니다

책장을 넘기며

서슬 퍼런 칼에만
손 베이는 것이 아님을
새하얀 종이 한 장에도
이슬진 풀잎 한 올에도
손 베이고
앙상한 나무 줄거리에도
다리 긁힐 수 있음을
책장을 넘기며 알았네
산속을 헤매며 알았네
꼼짝없이 당하며 배웠네

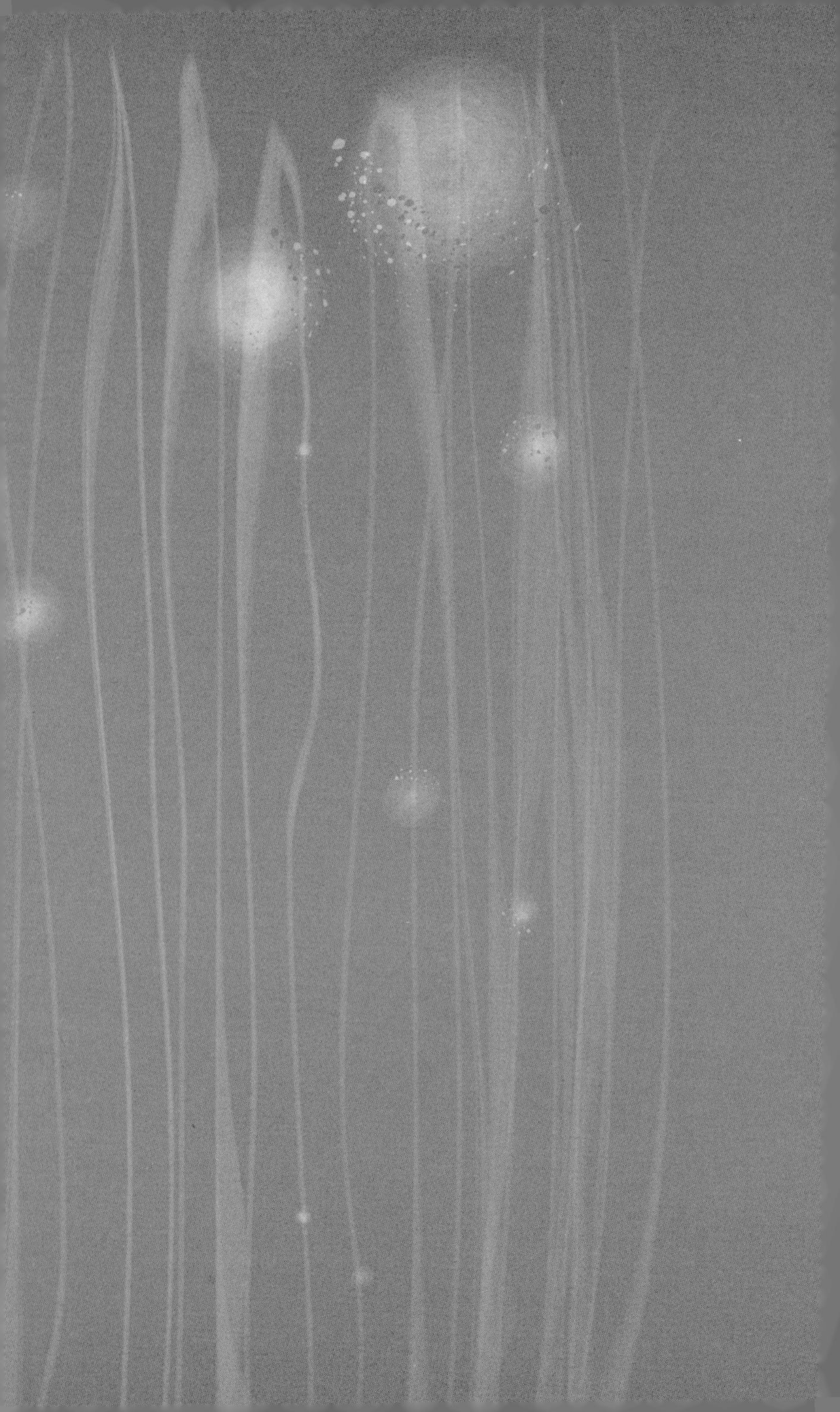

4부

사랑, 아무나 하나?

사랑, 누구나 알지만
아무나 할 수 없습니다
행복, 누구나 알지만
아무나 할 수 없습니다
사랑을 받아 본 사람이
행복을 느껴 본 사람이
사랑하고 행복할 수 있습니다
사랑을 받아 본 사람만이
행복을 느껴 본 사람만이
그럴 수 있습니다
그런 사람이 그럴 수 있습니다.

봄은 진다

실컷 피운 아카시아 꽃처럼
봄은 진다
봄은 철꽃처럼 진다
스캔들 없이 슬그머니 지는 봄은
꽃 같다
저문 해가 산그늘 데리고 뒷걸음치듯
가만가만 지는 봄은
연분홍빛 진달래 같다
망울진 목련 같다

꽃

내가 꽃보고
씽긋 웃으니
꽃이 날보고
쌩긋 웃네

어느 봄날

갱년기 중년처럼
붉으락푸르락한 마음에
창문 벌컥 제치고
아지랑이 아른거리는
먼 산을
물끄러미 바라다보는데
봄이 먼 산 끼고
살몃살몃 피어올라와
진달래꽃 한 다발 불쑥 내밀고 선
왔던 길 다그쳐 저만치 가네.

나도, 안다

나도, 안다
그냥 가만히 잠자코
눈 감고 귀 막으면
많은 것들이
아침 호수처럼 잠잠하다는 것을

또한, 안다
그 고요가 쓰나미 되어
너무나 소중한 것들을
아귀처럼 닥치는 대로
꿀꺽꿀꺽 집어삼킴도

그래서
눈을 감고 귀를 막고 있다가도
무심결에
불쑥불쑥 불끈하는 것은

알량한 정의감도 아니요
정의를 빙자한 사사로움도 아니요
그것이 '나'이기 때문임을
나는, 안다

쥐처럼

먹을 순 있는데
먹을 게 없어도 죽고
먹을 건 있는데
먹을 수 없어도 죽는다
언제나 먹을 건 유한(有限)하기 마련,
그래서
뭇 생명들은
곳곳에 갯바위 따개비처럼 납작 붙어
아득바득 산다
아득바득 산다
아득바득 살아도 살아 봐도
먹고도 싶고
먹을 수도 있지만
먹을 게 없으면
죽는다
약 먹은 쥐처럼
'찍소리'도 못하고 죽는다

아니다

바다는
고래와 상어만 사는 곳이 아니다
고래와 상어만이 물 만난 곳은 바다가 아니다
그래서 새우도 멸치도 산다
아프리카 세렝게티 초원은
사자와 표범만 사는 곳이 아니다
사자와 표범만이 으르렁대는 곳은 세렝게티가 아니다
그래서 개미도 개미핥기도 산다
몽골 초원은
늑대와 독수리만 사는 곳이 아니다
송곳니와 발톱만 난무하는 곳은 초원이 아니다
그래서 토끼도 풀도 산다
북극은
북극곰만 사는 곳이 아니다
북극곰만 어슬렁대는 곳은 북극이 아니다
그래서 북극제비도 산다
남극은
펭귄만이 사는 곳이 아니다
펭귄만 오종종 모인 곳은 남극이 아니다
그래서, 바다표범도 산다

기타 등등

나눗셈법으로 7을 2로 나누면
몫은 3, 나머지는 1이 되는 것처럼
제아무리 좋은 셈법으로
제아무리 잘 나누어 봐도
제 몫은 챙기는 3과
그 나머지 1은 있기 마련,
다만 그 나머지가
기타 등등이 되지 않게 하는 것이
사칙연산(四則演算)의 구구단이거늘
속으로 꿍꿍이만 중얼중얼 한다.

잔별

땅속 나무뿌리처럼
정말로 소중한 것은
눈에 잘 띄지 않는다
사랑하는 마음처럼
너무나 귀중한 것은
자라목처럼 감추고
잘 보여주지 않는다
세상에서
그 무엇과도 바꿀 수 없는 것은
밤하늘 은하수 잔별처럼
보일 듯 말 듯
항상 가물가물 한다

스마트폰

오랜 젓가락질로
잘 숙달된 엄지와 검지를 써서
내리고 또 올리고
오므리고 또 벌리며
물안경으로 바닷속 보듯
세상을 속속들이 본다
세상과 소통에 혹여나 밀질까
족대로 물고기 잡듯 샅샅이 훑고 훑는다
뭐든 막힌 것은 고통이기에
말을 거두고 숨소리도 죽인 채
눈길 멈춘 그 곳은, 스마트폰
눈빛이 샛별처럼 초롱초롱하다
벌써 앞과 옆은 잊은 지 오래
나도 잊은 지 오래
세상만 독도처럼 우뚝하다

난청(難聽)

아무리, 듣기 좋은 말을 해도
제아무리, 필요한 말을 해도
귀담아 들을 생각하지 않고
한평생
핏대 세우고 내 말만 하고 살다보니
귀는 습관처럼 굳어지고
목소리는 확성기(擴聲器)처럼 커져
이제 누가 말을 하면
'뭐라고~ 뭐라고~'
귀청이 찢어지게 목청만 우렁차다.

나는 개울가 자갈돌입니다

나는 시골에서 태어나 시골에서 자랐고
'춘자, 춘식'이처럼 이름마저 촌스러운
점촌(店村)에 사는 시골내기입니다
나는 강남 사람이 아닙니다
지난 세월,
나는 어둑한 밤하늘의 영롱한 샛별이 아니었습니다
대한민국 어디서나 흔히 만날 수 있는
코흘리개 아이였습니다
지금 또한 그런
등 굽은 나무 같은 농사꾼의 자식이고
수더분한 시골 아낙의 남편이고
별나지 않은 아들딸의 아비일 뿐입니다
나는 평민이고 평교사이며 평신도입니다
나는 나주평야처럼 평평한 사람입니다
나는 개울가 자갈돌 같은 사람입니다
나는 인력시장의 막일꾼처럼 수두룩한 사람입니다

5월

5월은
비갠 하늘의 햇살처럼
멋모르고 와작 베어 문 풋살구처럼
시그럽습니다

5월은
갓 잡은 제주 은갈치처럼
기장멸치 털 때처럼
파닥거립니다

5월은
수줍은 많은 소녀의 말간 웃음처럼
연초록 떡갈나무잎의 가는 떨림처럼
풋풋합니다

5월은
들판의 파릇한 보리처럼
텃밭의 푸릇한 쑥갓처럼
상큼합니다

풋내 물씬한

5월이

뒷산의 산꽃 같습니다.

꽃이 피기까지

훌렁훌렁 두더지처럼 땅을 갈아엎고
다문다문 씨를 뿌리고
함씬함씬 물을 주고
팍팍 깻묵도 찔러 넣고
은근슬쩍 추파(秋波)도 던지고
자분자분 이야기도 건네고
흠뻑흠뻑 새벽이슬에 젖기도 하고
따끈따끈 모닥불 쬐듯 햇볕을 쬐고
흥얼흥얼 노래도 불러주고
간질간질 나비의 장난질도 받아주고
까딱까닥 찌에 밤새 홀린
낚시꾼의 충혈 된 눈처럼
기다리다 기다리다가 보면
꽃은 꿈결에 슬그머니 꽃대를 올리고
해사한 얼굴로 아침을 반긴다.

섬

강으로 둘러싸인 것만이 섬이 아닙니다
바다로 둘러싸인 것만이 섬이 아닙니다
뭐든 둘러싸여 있는 것은 섬입니다
뭐든 꽁꽁 감싸고 있는 것은 무인도가 됩니다
뭐든 끊긴 것은 섬이 됩니다
외로운 것은 섬이 됩니다
섬은 또 다른 섬들을 잉태(孕胎)합니다
갈매기도 숨죽인 겨울 바다엔
차가운 몸을 꽁꽁 동여매고
손길을 거부하는 섬들이
별처럼 총총 모여
햇살에 투영된 물빛처럼
번뜩번뜩 합니다
희뜩번뜩 댑니다

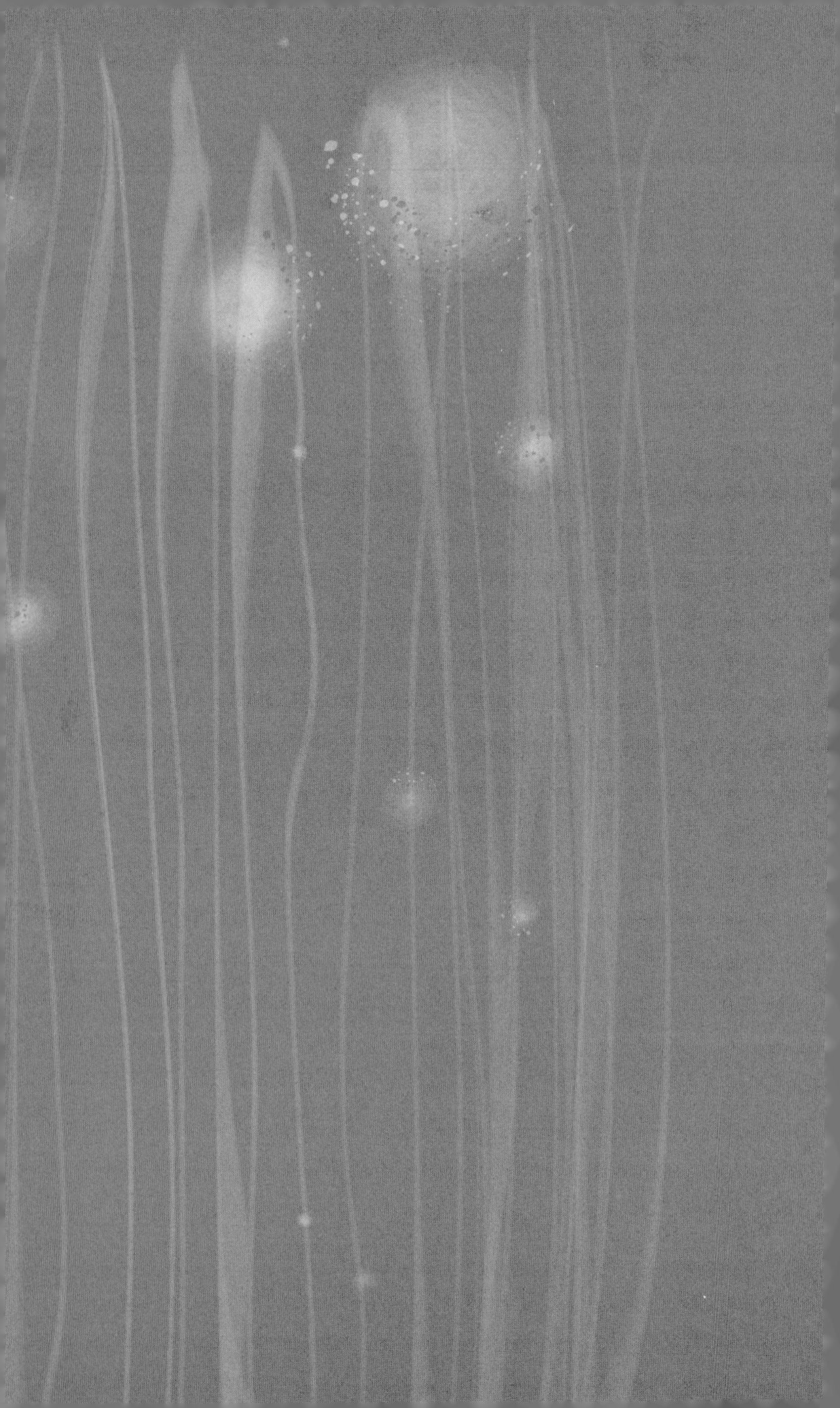

5부

여유

아름다운 그림은 여백이 멋스럽고
오롯한 행복은 나비처럼 한가로운 삶이듯
품이 넉넉한 바다는
살빛 백사장을 파도에 내던지고
선탠을 한다

눈 오는 날

집 안에서 집 밖을 본다
늘 그랬던 것처럼
집 안에서 유리창 너머의 세상을 본다
한 컷에 갇힌 사진으로 세상을 본다
습관은 또 다른 유전자를 만들고
아들도 아비가 그랬듯이
빼곡한 창으로 세상을 훑는다
안팎은 완전 다른 컷인데,
오늘도 팬티 차림으로 나란히 서서 집 밖을 본다
'아빠, 눈이 오네요.'
'아들, 눈 치우러 가자, 눈사람 만들래?'
'애 감기 들면 어떻게 하려고요.'
그렇게 올해도 눈은 유리창에서 내렸다

겨울 강

줄기줄기 뻗어 흐르던 강물은
칼바람에
밤새 몸살을 꽁꽁 앓더니
눈꺼풀 감기듯
가부터 사르르
얼음을 깔기 시작했다.
겨울은 언제나
발치부터 시려오기 마련,
시베리아 칼바람에
겨울 강은
가에서 복판으로
가에서 복판으로
조금조금
두꺼운 빙판을 깔았다.

자녀교육

자녀교육의 고갱이는
물길을 내기보다
물꼬를 트는
일입니다.

미래는?

사회의 미래는
우리의 장래는
나의 꿈은
지금 나와 네가 부르는
노래와 기도와 행위에,
조롱박처럼 대롱대롱
매달려 있습니다.

간신과 충신 그리고 역신

간신을 충신이라 하고
충신을 역신(逆臣)이라 하네
보는 눈이 그 정도니
'쯧쯧쯧'

사랑의 별명

관심은 사랑의 별명입니다
사랑이 없으면 관심도 없습니다
배려도 사랑의 별명입니다
사랑이 없으면 배려도 없습니다
믿음도 사랑의 별명입니다
사랑이 없으면 믿음도 없습니다
관심, 배려, 믿음은 사랑의 별명입니다.

산모퉁이

누구든
온 산이 보이지 않으면
산모퉁이를 돌 때마다
투덜투덜 막아선다.
왜냐하면,
산모퉁이 뒤편에
무엇이 있는지 보이지 않기
때문이다
보이지 않는 것을 볼 수 있는 것이
지혜입니다.
보이지 않는 것을 보려면
쉼 없이 배워야 합니다.
뭐든 한 번에 되는 것은 없습니다.
쉼 없이 배우고 애쓰고 애면글면할 때
보이지 않는 것은 슬며시 얼굴을 보여 줍니다.

빼빼로는 사랑입니다.
빼빼로는 우정입니다.

우표 붙이는 곳

보내는사람 2학년 4반 김민수

To. 신생님! 선생님은 저의 존경스러운
선생님이에요. 선생님이 수업할때
해주시는 말은 머랄까..
인생의 진리?! 선생님이 하시는 말은
모든지 맞아요 빼빼로 보다
커피가 더 낫을거 같애서 커피도 드릴게요.
좋은 하루 되세요 선생님~

받는사람 존경스러운 멋진 최수창 선생님

2학년 4반 김인수

To. 선생님!

선생님은 저의 존경스러운 선생님이에요.
선생님이 수업할 때 해주시는 말씀은 뭐랄까,
인생의 진리? 선생님이 하시는 말씀은
모든지(뭐든지) 맞아요.
'빼빼로'보다 커피가 더 나을 것 같아서
커피도 드릴게요.
좋은 하루 되세요 선생님~.
존경스러운 역사 최우창 선생님.

11. 11일, 아침 첫 수업시간에 이 편지 선물을 받고, 빈 시간에
혼자서 교실에서 울었다.
못난 선생을
'모든지(뭐든지) 맞다.'며 추켜 주는
인수의 말에서
처진 어깨를 다시 추스른다.
"인수야 고맙다."

나는 나다

나는 나다
어둠을 더듬더듬 더듬으며
나의 결을 좇아
나의 결을 따라
까칠한 삶을 대패질하며
사랑하고 사랑받으며
가리.

다람쥐 쳇바퀴

문득 다람쥐는 왜 열심히 쳇바퀴를 돌릴까 생각해 보았다.
물어보진 않았지만 '기쁘기' 때문일 것이다.
그럼 난 내 평생에 다람쥐처럼 기쁘게 돌릴 수 있는 쳇바퀴는 뭘까?
그 쳇바퀴만 찾는다면 인생에 절반은 행복한 성공을 한 것일 텐데.
귀한 밥 먹고 쓸데없는 생각해 보았다.

사소한 것이 모여

실개천이 모여
여울이 되고
여울이 모여
강이 되고
강이 모여
바다를 이룬다.
사소한 것들이 모여 되고 이룬다.
사소한 것을 사소하게 여기지 마라.

도돌이표

잘못을 되풀이하지 않는 외길이 있다.
그것은 왜 그렇게 되었는지 제대로 아는 것이다.
그리고 영원히 그 일을 기억하는 것이다.
가슴판에 문신처럼 새겨 두고 잊지 않는 것이다.
생각 날 때마다 보며 눈물짓는 것이다.

윽박지르기

윽박지르다.

'심하게 짓눌러 기를 꺾다.'는 뜻이다.

'윽박지르기'는 강자가 약자를 상대로 하는 행위다.

윽박질러서 되는 일은 없다.

윽박질러서 바꿀 수 있는 것은 없다.

그런데 사람들은 왜 윽박지를까?

내 뜻대로 되지 않기 때문이다.

내 뜻이 옳다고 생각하기 때문이다.

설혹, 그 뜻이 옳다 해도

윽박질러서 되는 것은 없다.

결국, 윽박질러서는 결코 내 뜻대로 되지 않는다는 것이다.

윽박은 엇박만 낼 뿐이다.

사이비(似而非)

진짜 같은 가짜가 '사이비'입니다.
항상 가짜는 짜가는 진짜 같은 허울을 둘러쓰고 있습니다.
그것을 구분하는 능력이 분별력이고 지혜입니다.
진짜와 가짜를 구분하는 능력은
가짜와 진짜를 가려내는 능력은
삶에 매우 중요한 능력입니다.
그 능력은,
지식을 쌓고 마음을 비워야
삶에 '힘을 빼'야
습득할 있는 무지개입니다.
힘을 쓰려면 먼저 힘을 빼야 합니다.

두부

'두부'는 우리집 개 이름이다. 잘 아는 동물병원에서 분양 받은 개다. '두부'는 딸과 아들이 서로 여러 날 상의한 끝에 지은 이름이다. 처음에는 어색했는데 자꾸 부르니 정감이 간다. 개들이 대체로 그렇듯이 녀석도 천성이 착하고 사람을 좋아해서 가족들의 사랑을 지나칠 정도로 듬뿍 받고 있다. 아들과 딸은 전화를 하면 "엄마, 두부는 뭐해?"가 기본 안부일 정도다.

요즘은 입동이 지나고 밤과 낮의 일교차가 심해서 저녁에는 쌀쌀하다. 그래서 춥지 않게 하려고, 아방궁 같은 큰 개집을 어렵게 사서 그 안에서 자게 했는데, 녀석은 좀처럼 개집에 들어가지 않고 고집스레 현관 입구의 마당에 배를 깔고 엎드려 잔다. 아내가 안타까워 헌 옷을 주었는데 이리저리 물고 다니다가 겨우겨우 그 옷을 깔고 잔다. 그렇게 자는 두부를 보면서 내가 녀석처럼만 살았어도 더 현명하게 수월하게 살지 않았을까 하는 생각을 해보았다.

어느 진화생물학자의 말에 의하면 개는 생존전략으로 인간의 가까이에서 복종을 선택했고, 늑대는 인간을 떠나 자유를 선택했다고 했다. 개는 복종의 대가로 안정적인 먹이를 획득했고 늑대는 자유의 대가로 굶주림과 야생의 혹독함을 이겨야 한다고 했다. 일견 일리가 있는 것 같다. 개와 늑대의 복종과 자유는 옳고 그름의 문제라기보다 성향과 취향의 문제일 것이다. 개처럼 살 것인가 늑대처럼 살 것인가? 성향과 취향에 따른 선택의 문제다. 모두가 어느 길을 가든 기쁘고 행복할 수 있다면 좋겠다. 참 좋겠다.

6부

불어라 성령의 바람

나는 바람개비
나는 성령의 바람개비
성령의 바람이 부는 대로
빙글빙글 잘도 도는 바람개비
성령의 바람이 부는 대로
빙글빙글 잘도 도는 바람개비

나는 돛단배
나는 성령의 돛단배
성령의 순풍이 부는 대로
만선처럼 기뻐 가는 돛단배
성령의 순풍이 부는 대로
만선처럼 기뻐 가는 돛단배

나는 성령의 바람개비
나는 성령의 돛단배-
성령의 바람 한입 가득 물고
빙글빙글 잘도 도는 바람개비
성령의 바람 가슴 가득 안고
만선처럼 기뻐 가는 돛단배-

주는 주시라

때때로 여기저기 아프지만
어쩌다 억울하고 속상해서
가끔씩 답답하고 막막하여
통곡도 하소연도 해요해요
하지만 이리저리 생각하면
이렇게 살아서 숨 쉬는 것도
이렇게 맛나게 잘 먹는 것도
이렇게 단잠을 잘 자는 것도
이렇게 가랑가랑 잘 버틴 것도
모두 다 주님의 사랑과 은혜라
그 모두 예수의 한없는 복이라
그래서 난~나는 주를 주시라 고백합니다
그래서 난~나는 주를 주시라 찬양합니다

십자가(十字架)

건축의 '가나다'는 수직(|)과 수평(_)이다
마찬가지로,
기독신앙의 '가나다'는 '십자가(十字架)'이다
하나님과 성도의 관계는 수직이다
예수님과 성도의 관계는 수직이다
그 밖은 수평이다
맡은 역할이, 하는 일이 다를 뿐 모두 일정하다
수직이 똑바로 설 때 수평이 제대로 잡힌다
수평이 골고루 놓일 때 수직도 바로 선다
신앙의 수직과 수평, 그 중심에 '신뢰'가 있다
교회의 수직과 수평, 그 중심에 '믿음'이 있다
'믿음'이 없으면 수직과 수평은 비틀어지고
온전한 '십(十)자가'를 이루기 어렵다
수직과 수평이 치밀한 건물이
흔들림 없이 오뚝 서 있는 것처럼
신앙의 수직과 수평이 한 치 오차 없이
만나는 지점에,
주님의 진정한 십자가가 있다
주님의 은혜와 축복이 있다
평강이 있다.

무제

세상이 춥다고
찬바람만 쌩하다고
아랫목에
술독처럼 오도카니
이불 덮어쓰고 앉은
교회는,
주정뱅이처럼
눈보라 휘모는 들판을
허공에 삿대질하며
왜틀비틀 갈 뿐이다.

'주여, 예숫물 들게 하소서'

성령의 강물에 소금처럼 녹아들고 싶어요
예수의 말씀에 커피처럼 녹아들고 싶어요
당신의 언행에 내 마음이 녹아들고 싶어요
당신의 옷깃에 내 눈물이 잦아들고 싶어요
당신의 사랑에 내 성냄이 부끄럽고 싶어요
당신의 광채에 내어둠이 반사되고 싶어요
까만- 그믐에도 묻히지 않는 별이 되고 싶어요
어떤- 어둠에도 묻히지 않는 빛이 되고 싶어요
기꺼이 세상의 동 틔우는 해가 되고 싶어요
주여- 하오니 나도 몰래 예숫물 들게 하소서
주여- 하오니 저도 몰래 예숫물 배게 하소서
주여- 가을날 고운 감빛 같은 예숫물 들게 하소서.

기도

개미처럼 분주한 세상살이에 허덕이다가
낙엽같이 산산이 흩어진 마음 이제야 겨우
주섬주섬 주워모아 주를 마주합니다
항상 기도하라 하셨거늘 항상 교통하자 하셨거늘
이 죄인을 주여 용서하소서 주여 용서하소서

벌이처럼 빠듯한 세상살이에 허둥대다가
눈물같이 주르륵 쏟아진 탄식 이제야 겨우
다독다독 달래어서 주를 바라봅니다
항상 기도하라 하셨거늘 항상 교제하자 하셨거늘
이 죄인을 주여 용서하소서 주여 용서하소서

수고하고 무거운 짐진 자들아
다 내게로 오라 하시오니
내가 너희를 쉬게 하리라 하시오니
세상살이에 얼룩진 몸과 마음의 멍에 벗고
주님께 기대어 쉼과 힘을 얻고자
주여 여기 왔사오니 받아 주옵소서
주여 지금 바라오니 응답 하옵소서

교회는?

교회는 하나님이 계시는 곳이어야 합니다.
교회는 사람이 계시는 곳이어야 합니다.
교회는 하나님과 사람이 만나는 곳이어야 합니다.
그것이 교회가 존재하는 이유입니다.
그것이 주님께서 교회를 세우신 이유일 것입니다.
사람은 없고 하나님만 계시는 곳,
하나님도 사람도 없고
제삼자만 있는 곳은
교회가 아니고
건물입니다.

덕분(德分)에

덕(德)을 나누는(分) 것이 '덕분(德分)'이다. 그리스도인은 하나님 덕분에 예수님 덕분에 산다. 하나님께서 덕(德. 은혜. 도움)을 값없이 주시기 때문에 사는 것이다. 이것은 그리스도인으로서 가져야 하는 기본적인 생각이다. 또한, 우리는 가족 덕분에 친구 덕분에 선생님 덕분에 이웃 덕분에 산다. 덕은 주고받는 것이다. 서양으로 말하면 'Give and take'이다. 주는 것이 먼저다. 그런데 많은 사람들은 받아야 준다고 생각한다. 지혜로운 사람은 받기 전에 먼저 내가 가진 것을 베푼다. 언제까지 받고만 살 것인가? 나 또한 덕(德)을 나눌 수 있는 사람이 되어야 한다.

이젠 '때문에'보다 '덕분에'를 남발하자.

믿음 소망 사랑의 소고(小考)

믿으면 그 믿는 대상을 사랑합니다.
사랑하면 그 사랑하는 대상을 믿습니다.
소망이 있으면 그 소망하는 대상을 사랑합니다.
사랑하면 그 사랑하는 대상에게 간절히 소망합니다.
간절히 소망하는 것이 있으면 그 소망하는 대상을 믿습니다.
믿으면 그 믿는 대상에게 간절히 소망합니다.
따라서 믿음과 소망과 사랑은
별개가 아니라 한 묶음입니다.
성경의 모든 말씀은,
씨줄과 날줄로 엮은 옷처럼
서로 긴밀히 연결된 유기체입니다.
주님을 믿으니 주님을 사랑하는 것입니다.
주님을 사랑하니 주님을 믿는 것입니다.
주님께 소망하는 바가 있으니 주님을 사랑하는 것이다.
주님께서 우리에게 소망하시는 바가 있으니 우리를 사랑하시는 것입니다.
주님을 사랑하니 주님께 간절히 소망하는 것입니다.
주님께 간절히 소망하는 것이 있으니, 그 소망하는 바를 이루어 주실 것으로 확실히 믿는 것입니다.
주님께서 이루어 주실 것이라고 확실히 믿으니, 주님께 간절히 소망하는 것입니다.

오늘도 내일도 영영토록

주님을 믿고
주님께 간절히 소망하며
주님을 사랑함으로써,
주님의 사랑을 듬뿍 받기를
소망합니다.
그럴 줄 믿습니다.
사랑합니다.

후기

『그 매미는 나무에서 울지 않았다.』라는 시집은 낸지 3년이 다 되어 간다. 그 중간에 『별난 한국사 Keyword 상(上)』을 냈다. 늘 부족함을 느끼지만 하는 것이 하지 않는 것보다는 낫다는 생각에서 했다. 인간은 어차피 미완으로 왔다가 미완으로 가는 것 아니겠는가? 다만 좀 더 나아지려고 노력하는 것 자체가 아름답다고 본다. 꿈쩍도 않으면 꿈은 헛꿈이나 개꿈이 되는 것 마냥, 헛꿈이 되지 않으려고 그렇게 꿈쩍이라도 해 보는 것이다. 하다 보면 잘되지 않을 때도 있고 어쩌다가 될 때도 있고, 되면 고맙고 감사하며 잘되지 않으면 다시 배우고 하는 것이 세상살이 공부가 아니겠는가? 살아가면서 부족하고 필요한 것을 배우는 것이 공부가 아니겠는가? 그래서 공부는 끝이 없는 것 아니겠는가? 그러한 배움을 통해서 아직 못다 한, 『별난 한국사 Keyword 하(下)』의 완성과 출판 그리고 『가제, 앎엔삶』이라는 책도 만들어 갈 것이다. 벽과 난관이 존재하겠지만 '벽을 넘어야 별이 된다.'는 말처럼 기도와 배움으로 넘을 것이다. 그것이 내가 살아온 방식이기 때문이다.

난 늘 부족하고 미약한 존재여서 가정살이, 직장살이, 인생살이, 신앙살이 하면서 도움을 받은 분들이 너무나 많다. 무엇보다 하나님께 내 삶의 모든 영광을 드리고 감사한다. 읽고 쓰고 먹고

자고 쉬고 배우고 가르치고 하는 모든 여건을 허락하신 하나님께 항상 감사한다. 그리고 늘 기도로 응원하시는 점촌중앙교회의 최대영 목사님과 모든 성도님들께 감사의 인사를 드린다. 아울러 점촌중학교의 모든 교직원님들과 이정호, 김사현, 권영하 선생님께 많은 신세를 지고 산다. 그래서 그분들께 늘 고맙고 감사한다. 또한, 여러모로 도와주시는 김시종 경북펜클럽회장님과 이만유 한국문협문경지부 회장님, 고성환 국장님과 모든 문협회원님들께 감사드린다.

오직 자식인 내 삶의 거름으로만 살아오신, 항상 사랑하고 존경하는 부모님과 장모님께 큰절 올립니다. 그 부모님을 잘 챙기는 동생, 처남 부부에게 감사한다. 또한 멀리서 늘 기도로 힘을 보태는 절친 배준이, 환규, 전표에게 고맙고 고맙다고 말하고 싶다. 마지막으로 사랑하는 아내 애란, 딸 혜민, 아들 태훈아, 미안하고 고맙고 감사해요.

출판의 전문인으로서 늘 애정과 조언을 아끼지 않으신 '도서출판 지식공감'의 김재홍 대표님과 편집자 분들께 감사한다.